이유리 소설 × 정아리 일러스트

KB081080

달리기를 시작한 지 세 달쯤 되던 어느 날 새벽, 나는 되게 넘어졌다.
그냥 콩 하고 귀엽게 넘어진 게 아니었다. 발을 헛디디면서 두 바퀴쯤 허공에서
구르고는 그대로 천변 아래로 처박혔다. 핑계를 대보자면 집 앞 창릉천 러닝 트랙에는
군데군데 가로등이 없는 구간이 있었고 깜깜한 그곳을 달릴 때면 나도 모르게 하늘을
바라보게 되었으며 마침 사방에 반짝반짝, 눈을 홀리는 별들이 흩어져 있었기
때문이라고 해둘까.

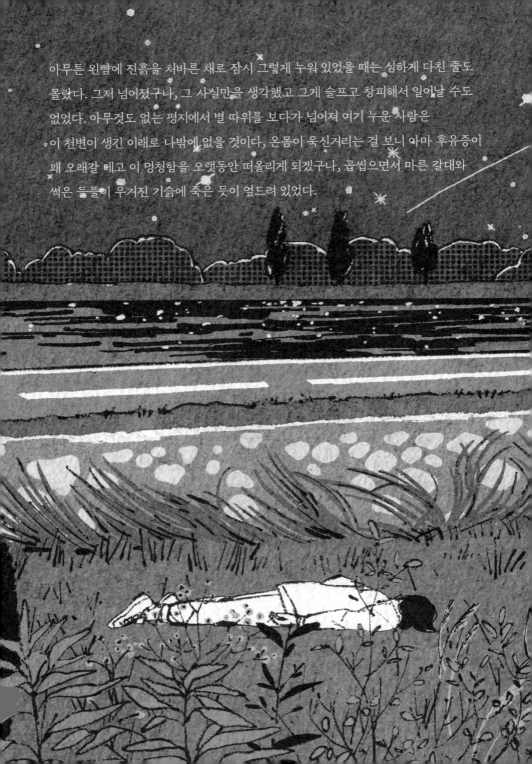

아무튼 왼뺨에 진흙을 처바른 채로 잠시 그렇게 누워 있었을 때는 심하게 다친 줄도
몰랐다. 그저 넘어졌구나, 그 사실만을 생각했고 그게 슬프고 창피해서 일어날 수도
없었다. 아무것도 없는 평지에서 별 따위를 보다가 넘어져 여기 누운 사람은
이 천변이 생긴 이래로 나밖에 없을 것이다, 온몸이 욱신거리는 걸 보니 아마 후유증이
꽤 오래갈 테고 이 멍청함을 오랫동안 떠올리게 되겠구나, 곱씹으면서 마른 갈대와
썩은 들풀이 우거진 기슭에 죽은 듯이 엎드려 있었다.

그러다 웃쌰 하고 일어나려 했을 때 깨달았다. 오른쪽 무릎에 커다란 상처가 났다는
것을. 어두워서 전혀 보이지 않았지만 손으로 만져보니 두꺼운 바지가 세로로 쭉
찢어져 있었고 그걸 자각한 순간부터 자 이제 시작, 하듯 엄청나게, 엄청나게 아팠다.
손에 척척하게 묻어나는 이것이 진흙인지 피인지 알 수 없었다.

재수없게도 휴대폰이며 뭐며 아무것도 들고 오지 않은 터라 불빛을 비추어 볼 만한
도구도 없었고 물론 지나는 사람도 없었다. 어쩔 수 없이 아픔을 참으며 마른 풀
줄기를 붙잡고 천변을 기어올랐다. 가로등이 있는 곳까지 절름거리며 이백 미터쯤을
더 걸었다. 마침내 상처를 불빛에 비추어 보았을 때, 나는 세로로 벌겋게 벌어진
무릎과 그 안의 흰 무언가를 보았고 아마도 이건 내 무릎뼈겠지, 평생 두 눈으로
볼 일이 없다고 생각했던 그것이겠지.

그때 마침 기적적으로, 등 뒤를 쌔액 하고 스쳐 지나가는 무언가가 있었고 그게
자전거를 탄 사람이라는 걸 깨닫자마자 나는 소리 질렀다.

저기요, 저기요오, 잠시만요, 119 좀, 119 좀 불러주세요오오오.

멀어지던 자전거 후미등의 빨간 불빛이 멈춰 섰다.
이윽고 그것이 되돌아오는 것을 바라보며 나는 이제 살았다는 생각만 하고 있었다.
앞으로 무슨 일이 일어날지는 전혀 알지 못한 채로.

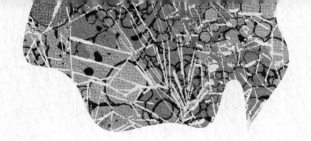

속으로 여덟 바늘, 겉으로 아홉 바늘을 꿰맸다. 꿰매는 일이야 마취 주사를 맞았으니
전혀 아프지 않았지만 정말 아픈 건 그게 아니었다. 하필 진흙밭에서 구른 터라
온몸은 물론이고 상처 깊숙한 곳 안쪽까지, 참깨에 굴린 강정처럼 꼼꼼하고 빽빽하게
흙이며 먼지 알갱이가 붙은 거였다. 두 간호사가 달라붙어 한 사람은 상처를 벌리고
다른 사람은 식염수를 부어가며 안을 씻어냈다. 아프기야 끔찍하게 아팠지만
어떡해요, 어떡해요, 하며 저들이 더 미안해하는 통에 아픈 티도 내지 못했다. 식염수를
서너 통 쓰는 동안 어금니를 부술 듯 깨물며 견뎠지만 막상 상처를 살펴본 의사는
내키지 않는다는 얼굴로 혀를 찼다. 그러고는 내게 대뜸 선택지를 두 개 주었다.

"지금 기적적으로 무릎뼈랑 연골은 전혀 안 다쳤는데, 안에 잔여물이 좀 남아
있을지도 몰라요. 아예 깨끗이 다 제거하려면 지금 더 큰 병원에 가서 엑스레이를
찍으면서 일일이 핀셋으로 집어내야 되고, 아니면 이대로 소독만 좀 열심히 하고
꿰매도 되고. 어떻게 하실래요?"

머리를 굴리기엔 상처가 너무 아팠지만 그런 걸 따질 상황이 아니었다. 보아하니
전자를 택하면 무릎뼈를 드러낸 채 다른 병원으로 옮겨질 터였고 거기서도 상처를
벌리고 늘리며 온갖 고통을 당할 것이 눈에 훤했다. 게다가 핀셋이라니, 가만둬도
아픈 상처에 핀셋을 대겠다니.

"혹시…… 꿰맸는데 안에 뭐가 남아 있으면 어떻게 되는데요?"

"글쎄요. 일단 눈에 보이는 큰 건 거의 제거했으니 큰 문제가 될 것 같진 않은데, 정
찝찝하시면 지금 큰 병원에……"

"아뇨, 아뇨. 꿰매주세요."

나는 결연하게 말했다. 물론 무릎 속에 박혀 있을지 모르는 잔여물이라는 게 무섭지
않은 건 아니었지만 그보다는 지금 의사가 들고 온 저 마취 주사를 당장 맞고 이
고통을 끝내고 싶었다. 아니, 무릎을 어떻게든 빨리 처리하고 집에 가고 싶었다. 그럴
수만 있다면 무릎 안에 모래든 뭐든 남으라지, 집에 가자마자 러닝화부터 쓰레기통에
처넣고 팔자에도 없는 달리기는 절대 다신 하지 않을 거야……

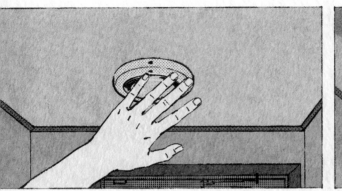

무릎을 꿰맨 뒤엔 택시를 타고 집으로 돌아왔다. 오른쪽 다리에 통째로 반깁스를
하고 목발을 짚은 채로 절뚝거리며 방에 들어와서는 그대로 현관에 누워버렸다.
마취가 풀리는지 잠깐 사라졌던 고통이 서서히 다시 느껴지고 있었다. 대체 이게 무슨
일이람. 현관 천장에 달린 센서등을 멍하니 올려다보며 곱씹었다.

늘 그랬듯, 내일 새벽엔 택배 상하차 아르바이트를 가기로 되어 있었다. 하지만 이
꼴을 하고서는 말도 안 되는 소리였다. 최소한 한 달은 무릎을 쓰지 말아야 한다고
했으니 아르바이트는 아예 쉬는 게 옳을지도 모르겠고 그러면 통장 잔고가 얼마나
남았더라. 그런데 그걸 확인해보려면 저기 식탁 위에 놓인 휴대폰을 가져와야 했고
에라 모르겠다, 이대로 잠들어도 좋다고 생각하며 눈을 감아버렸다.

금세 고단한 오늘 하루를 끝내줄 잠이 찾아왔고 무릎은 물론이고 온몸이 쿡쿡
쑤시고 아픈 채로 막 잠에 빠져들려는 찰나였다. 깁스 안쪽, 정확히는 꿰매놓은 무릎
안쪽에서 누군가 말했다.

마침내 들어왔구나.

물론 그건 잘못 들은 게 틀림없을 것이므로, 나는 신경 쓰지 않고 그대로 잠들었다.

꿈에서 나는 안개가 혼곤히 낀 숲속을
헤매고 있었다.
안개에서는 맵싸한 장작 타는 냄새가 났고
어디 먼 곳에서 누군가 자꾸 나를 찾는데,
희수야 오희수야, 하면서 내가 아니면
안 될 것처럼 애타게 부르는데 그게 어딘지
알 수가 없었다.

나는 너를 기다렸어.

목소리가 우렁우렁 울렸다.

기다렸어. 너희의 시간으로 사십억 년이
넘도록 여기에서 단지 너만을 기다렸어.

도무지 누군지 왜 기다렸다는 것인지 아무것도
모르지만 그 절박함만은 그대로 와닿아서
나도 울창한 나무들 사이를 헤매며 마주
외쳤다. 누구세요. 어디 계세요. 누구신데
그렇게 저를 찾으세요. 저를 아무도 안 찾은 지
좀 됐는데. 마지막 말을 하고 나서야 그러고
보니 그랬지, 생각하는데 서서히 세상이
흔들렸다. 목소리의 주인이 땅속을 뚫고
내게로 오고 있었다.

갈게, 지금 갈게.

다가올수록 목소리는 맑고 아름다워졌고
드디어 왔다,
발 바로 앞에서 불쑥 머리를 솟구치는
커다란 은빛 사람의 얼굴을 마주 보려는 순간
나는 잠에서 깨어났다.

눈을 뜨자마자 온몸이 흠씬 두들겨 맞은 듯 뻐근했다. 천장에서 현관 센서등이 어제 그대로 나를 내려다보고 있었다. 얼마나 잔 것인지 창밖에서 들어온 햇살로 방 안은 희끄무레 밝아진 채였다. 그리고 무릎, 무릎이 아팠다. 아픈 무릎을 끌고 식탁으로 다가가 휴대폰을 집어들었다. 오전 열 시, 어차피 이 꼴을 하고는 못 갔을 아르바이트였지만 지금부터 준비하고 나가도 이미 차고 넘치도록 지각이었다.

모르겠다, 냅다 전원을 끈 휴대폰을 침대에 던지고 나도 벌렁 드러누워버렸다. 깁스를 한 다리가 답답하고 무릎은 더럽게 아팠다. 무릎에서 시작한 아픔이 손끝 발끝까지 온몸으로 번지는 것 같았다. 아프면 먹으라고 준 약이 있었던 것 같은데 택시에 두고 내렸는지 오다가 떨어뜨렸는지 보이지 않았다. 와락 서글퍼서 콱 울어버릴까, 정말 울어라도 볼까 생각하는데 갑자기 깁스 안에서 목소리가 들렸다.

안 아프게 해줄까.

생각할 겨를도 없이 네, 제발요, 하고 말했고 그러자마자 고통은 없어졌다. 나는 조금씩 무릎에 힘을 주어보았다. 다치기 전처럼 모든 것이 제대로 움직였다.

"뭐야 이거?"

기쁘기보단 당황해서 소리 내어 말했고 그러자 오른쪽 무릎이 얼른 대답했다.

너를 기다렸어.

그제야 나는 그 목소리를 알아들었다.
꿈에서 들은 그 목소리, 먼 곳에서 나를 부르던
깨끗하고 청량한 목소리였다.

오랫동안 기다렸어.

목소리가 다시 말했다.

어쨌든 더 이상 무릎은 아프지 않았다.

지금 들리는 이것이 환청이든 환각이든 아니면 진짜 저것이
주장하는 대로 자기가 우주 바깥에서 온 무언가이든,
나는 일단 무릎이 아프지 않아졌다는 사실에 주목하려 애썼다.
둘둘 감아놓은 붕대를 풀고 반쪽짜리 깁스를 떼어냈다.
꿰맨 흉터는 시커멓게 그대로였지만 고통은 전혀 없었다.
걸음도 예전처럼 잘 걸어졌고 다시는 뛰고 싶지 않았지만 아무튼
뛸 수도 있었다. 그 사실이 기뻐서 누구에게랄 것 없이, 아니 무릎 쪽을
바라보며 말했다. 감사합니다.

나아졌다니 다행이야.

무릎, 아니 무릎 속의 누군가가 말했다. 나는 무릎을 조심스럽게 만져보았다.
별다른 느낌은 없었다.

이제 내 말을 좀 믿겠어?

"아니, 갑작스럽게 무릎 속에서 말해봤자 누가 믿어요, 그걸."

어쨌든 사실이야. 나는 너를 내내 기다렸다고. 너 같은 사람을.

"나 같은 사람이 뭔데요?"

글쎄, 그냥 알 수 있어. 너 같은 사람이라는 걸.

나 같은 사람이라, 아무리 생각해도 거기서는 부정적인 의미밖에 추출되지 않았다.
예를 들면 날백수 주제에 아르바이트도 못 가고 침대에 퍼질러 앉아 자기 무릎과
이야기를 나누는 태평한 멍청이를 말하는 거겠지. 아니면 지금 이런 이야기에 귀가
솔깃해지려고 하는, 외로워서 돌아버리기 직전이었던 방구석 외톨이를 뜻하는
것일지도.

"일단 당신이 뭐랬더라, 그 우주 어디서 온 진짜 그거면 좀 나와봐요.
나와서 얘기해요."

음, 미안한데 아직 못 나가.

"왜요?"

내 몸은 지구엔 있으면서도 없다고 할까. 빅뱅이 일어나는 순간 내 몸은 무한대에 가까운
조각으로 쪼개져 우주 전체에 흩뿌려졌어. 아마 네 눈엔 잘 보이지도 않을 그런 조각으로.

"빅뱅도 알아요?"

당연하지, 그게 투표의 결과였는걸.

"투표요?"

그래.

목소리는 차분하게 말하기 시작했다.

너희 우주가 만들어지기 전, 그보다 훨씬 크고 공활한 공간이 있었다.
인간의 시간 따위는 초월하며 영속에 가까운 생을 누리는 우리가 거기 살았지.
우리는 오랫동안 공간의 질서를 유지하면서 평화롭게 지냈어.
무한히 클 것 같았던 공간이 비좁아지기 전까지는.
생명은 늘어나는데 공간과 자원은 한정되어 있으니
문제가 생기기 시작했던 거야.

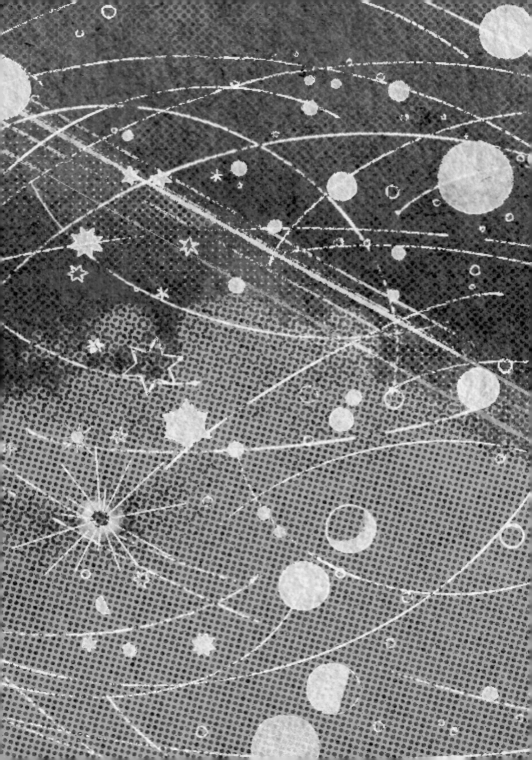

해답은 한 가지밖에 없었지.

"전쟁?"

아니, 말했잖아. 투표.

목소리가 대꾸했다. 괜히 머쓱해진 나는
뒷머리를 긁적거렸다.

우리는 투표를 했다.
모든 생물체의 의견을 하나로 모았지.
모인 의견은 명확했어.
공동체에 가장 도움이 되지 않는 이를 선별해서,
그들에게 육체를 빼앗아
공간을 확보하기로 한 거야.
이윽고 우리는 빅뱅을 일으켰고
나를 포함해 선별된 자들은
거기서 산산이 부서졌다.

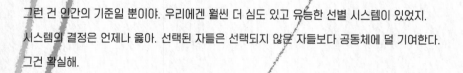

"아니…… 아니 그게 뭐예요. 너무한데."

나도 모르게 그렇게 중얼거렸다. 목소리가 물었다.

음? 뭐가 너무해?

"무슨 기준으로 선별한 건데요? 나이? 능력? 학벌?"

그런 건 인간의 기준일 뿐이야. 우리에겐 훨씬 더 심도 있고 유능한 선별 시스템이 있었지.
시스템의 결정은 언제나 옳아. 선택된 자들은 선택되지 않은 자들보다 공동체에 덜 기여한다.
그건 확실해.

"확실하긴 뭐가 확실해요. 고등하다더니 순 엉터리네."

나도 모르게 목소리가 점점 커지고 있었다. 나는 침대에서 벌떡 일어났다.
어젯밤까지만 해도 평생 걸을 수 없을 것만 같았던 무릎이 다시 멀쩡하게 움직였지만,
이 안에 뭔가가 들어 있다는 생각을 하니 아무래도 신경이 쓰이긴 했다. 하지만 나는
성큼성큼 방 안을 걸어다니기 시작했다.

"아는지 모르겠지만 지구도, 아니 다른 나라는 모르겠고 아무튼 한국도 사정이
비슷해요. 땅덩어리 좁고, 돈 없고. 근데 그렇다고 해서 도움 안 되는 사람들을 다
죽이진 않아요. 뭐 무시하고 괴롭히고 그러긴 하지만 그래도 죽여야겠단 생각은
아무도 안 한다고요. 그럼 뭐, 돈 많고 똑똑한 사람들만 살아남게?"

말했잖아, 선별에 재산이나 지능은 영향을 주지 않는다니까.

29

"아무튼 뭔가 기준이 있었을 거 아니에요. 기준 외의 것들은 다 없애고 간다는 생각 자체가 거지같고 허접한데요? 그게 고등한 생물들의 생각이에요?"

목소리는 한참 말이 없었다. 너무했나 싶어 나도 말을 멈추고 도로 침대에 주저앉았다. 아무래도 내 얘기 같아서, 정말 내 얘기 같아서 과하게 몰입한 것 같다는 창피함이 스멀스멀 올라왔다. 혹시 모르지, 어쩌면 내가 만약 내가 아니었다면, 그러니까 돈 많고 똑똑하고 많이 배운 사람이었다면 다르게 말했을지도. 안 그래도 북적이고 지저분한 이 지구에 꼭 이 모든 사람이 전부 다 필요하냐고, 사실 어떤 사람들은 없어도 되지 않느냐고. 그러니 내가 이렇게 분개하는 건 그냥 이 세계에선 내가 가장 먼저 떨려나갈 사람이라는 생각 때문일지도 모른다. 그렇게 생각하니 창피하고 비참해서 나도 묵묵히 무릎만 쳐다보고 있었다.

어쩌면 네가 맞을지도 모르지.

한참 뒤 목소리가 우울한 어조로 말했다.

나도 이런 상태가 되고 보니 기분이 썩 좋진 않더라고. 꽤나 오랫동안 슬퍼하며 보냈다.

"슬퍼할 게 아니라 나가서 싸우든지 따지든지 해야죠. 난 거기에 응했다는 게 더 이상하네. 밟는다고 밟혀요? 꿈틀이라도 해야지."

……너는 정말로 지구인이구나. 그래, 내가 지켜본 지구의 역사도 그랬다. 옳지 않은 것이
있으면 따지고 덤비고, 흐르는 피를 아까워하지 않고 싸웠다.

"그럼요. 그래야죠. 인간들이 또 대단한 생물들이거든요"

저는 별로 대단치 않지만, 이라는 말을 붙이려다 말았다. 말은 대단하게 해놨지만
나라고 뭐 싸워본 적이 있나, 하고 싶은 것도 해야 할 것도 찾지 못하고 그저 납작
엎드려 근근이 아르바이트로 먹고사는 주제인걸. 그러나 목소리는 기쁜 어조로
말했다.

과연 내가 올바른 인간을 찾았구나. 너 같은 사람을, 아니 너를 기다리고 있었다.

"저를요? 왜요?"

방금 싸워야 했다고 얘기하지 않았어?

"어어, 그렇긴 한데……"

얘기를 마저 들어봐. 내 몸은 이렇게 작은 조각이 되었지만, 아직 많은 것들을 할 수 있다. 예를
들어 너의 운동 에너지를 직접 흡수하고 증폭시켜서 추진력으로 바꾸는 일 같은 것 말이야. 지구
중력을 벗어날 수 있는 정도의 힘이면 된다. 일단 우주로 나가면, 돌아갈 수 있어.

엥? 돌아가겠다고요?"

별들의 중력을 이용하면 돼. 중력 궤도를 요리조리 잘 이용해서 우주를 항해하는 기술 정도야
아직도 갖고 있다.

외계인이 말을 이었다.

돌아가고 싶다는 생각이야 오랫동안 해왔었다. 나를 돌아가게 해줄 수 있는 사람을 오랫동안 기다렸지. 그럴지만 한편으론 알 수 없었어. 거길 돌아가서 뭘 하겠다는 것인지, 이미 한 번 배제당한 내가 뭘 할 수 있을지. 그런데 이제 네 얘기를 들으니 알겠다. 나는 돌아가서 내 눈으로 보겠어. 시스템이 옳았는지 아닌지를. 그리고 옳지 않았다면, 싸우겠다.

마지막 말은 우렁우렁, 꿈에서 그랬듯 온 방 안을 울렸다. 마치 아름다운 노래처럼, 멀리서 울리는 북소리처럼 내 마음까지 뭔가 근질근질하게 만드는 힘이 있는 소리였다. 나는 나도 모르게 고개를 끄덕였다.

"좋아요, 그렇게 하세요. 뭐 거슬리는 것도 아니니까, 무릎에 계시게는 해드릴게요."

아니야, 그러기 위해선 네 도움이 좀 필요하다.

윽, 이건 또 무슨 소리야. 나는 무릎을 내려다보았다. 이왕이면 이 꿰맨 상처도 없애주면 좋으련만, 거기까진 힘이 달리는지 시꺼먼 실로 듬성듬성 꿰매놓은 부분은 그대로였다. 둥글고 못생긴 무릎 한가운데 난 꿰맨 흉터가 꼭 입 같았다. 눈도 코도 없이, 그 입이 조잘조잘 말했다.

딱히 어려운 일은 아냐. 그냥 지금처럼 달리기만 하면 된다. 운동 에너지는 내가 알아서 흡수할 테니까. 정말 조금만 있으면 된다.

"……잠시만요, 생각 좀 해보고요."

나는 무릎을 내려다보며 고민에 빠졌다. 우선 이토록 오래 이야기를 나눴지만 아직도 이게 진짜인지 얼떨떨한 것이 사실이었다. 혹시 이 모든 게 그냥 내가 미친 거라면, 미쳐서 환청을 듣고 있는 거라면. 그렇게 생각하니 그런 것도 같았지만 이 외계인의 말마따나 오늘 새벽 꿰맨 무릎이 전혀 아프지 않은 것 역시 사실이었고 그럼 이 모든 것은 정말일까. 정말이라도 그렇지, 이런 뜬구름을 잡을 만큼 내가 한가한 사람인가. 바쁜 일도 해야 할 일도 없긴 했지만 이건 또 이것대로 큰일인 거 아닌가. 자격증이든 시험이든 뭐든 그놈의 적성이라는 것을 찾아서 슬슬 시작하지 않으면 정말 나야말로 인간 사회에서 떨려나갈지도 모르는 판인데. 하지만 당장 뭘 해야 하는지 생각하면 막막하기만 한 것도 사실이었다.

"……두 시간."

음?

"하루 두 시간 정도면 내드릴 수 있을 것 같아요. 그 이상은 안 돼요. 저도 바쁘거든요. 알바도 다녀야 되고 공부, 뭐 이런저런 거 해야 되고. 아무튼 달리기든 뭐든 두 시간만이에요."

알았다. 알았어.

영 탐탁지 않은 목소리였지만 어쩔 수 없었다. 나는 약속의 의미로 무릎을 툭 쳤다.

"진짜 아무 데나 될 거예요. 에너지인지 뭔지는 알아서 모아요."

아무 곳이나 상관없어. 너는 잘 뛰는 인간이었으니까 금세 모일 거야.

"잘 뛰긴요. 멍청하게 뛰면서 별이나 올려다보다가 이 꼴이 됐는데요."

아니다, 거길 오가는 많은 사람들을 지켜봤지만 너는 꽤 잘 달렸어. 그런데 매일 뛰어서 어디로 가고 있었던 거지? 그 늦은 시간에.

"어딜 가긴요. 그냥 달렸죠. 할 일이 없으니까?"

나는 무릎을 만지작거리며 머쓱하게 대꾸했다. 사실이 그랬다. 아르바이트가 끝나고 돌아오면 녹초가 되었으나 밤이 늦도록 선뜻 잠들지 못하고 뒤척거렸던 것은, 그러다 새벽이 깊어지면 이어폰을 꽂고 기어이 천변을 뛰었던 것은 할 일이 없어서였다. 잠을 자면 안 될 것 같은데, 뭔가 해야 할 것 같은데 그게 뭔지 알 수가 없어서. 침대에 누워 올려다보는 천장이 그대로 불안이 되어 내 얼굴로 쏟아져 내리는데 그걸 피하려면 무엇을 어떻게 해야 하는 것일까. 그런 생각이 들면 나는 집을 박차고 나가 길 끝에 해답이 놓여 있기라도 할 것처럼 내달리곤 했다. 달리는 도중 머릿속이 맑아지고 땅을 내딛는 발에만 집중했느냐 하면 그것도 아니었다. 오직 걱정스런 일들만을 생각했다. 공부를 해볼까. 할 수 있을지 아닐지는 모르겠지만 이제 와서 적성 따위를 찾을 처지는 아니니 공무원이니 군무원이니 간호조무사니 그런 것들을 당장 내일부터 시작할까. 아니면 그냥 엄마 아빠 말대로 고향에나 내려갈까. 거길 간다고 뾰족한 수가 있나. 땀에 푹 젖어 더 이상 달릴 수 없을 만큼 달려도 알 수 없었고 매번 터덜터덜 집으로 돌아오곤 했었다. 그런 내 모습을 누군가 보고 있었다니, 못할 짓을 한 것도 아니건만 괜히 부끄럽고 창피했다.

할 일이 없어 달리는 인간치곤 제법 잘 달리던데.

계속 그렇게 달리기만 해. 무릎은 고쳐줬으니까.

외계인이 거들먹거렸다. 달리기라. 달리기만 하면 될까. 나는 일어서서 무릎을 쭉 뻗어보았다. 다치기 전과 똑같이 잘 뻗어지고 잘 굽혀졌다. 달릴 수 있을 것 같긴 했다. 그런다고 뭐가 되는지는 알 수 없었지만.

"아, 몰라, 아무튼 그럼 전 진짜 달리기만 해요. 알았죠?"

무릎에서는 대답 대신 끼익끼익, 뭔가를 긁는 듯한 소리가 들렸다.

그날은 어영부영 집에 머무르며 새 아르바이트 자리나 끼적끼적 알아보다 날이 어두워졌다. 식비도 아낄 겸 일찌감치 잠자리에 눕고서야 생각했다. 그게 어쩌면 웃는 소리였을지도 모른다고. 아주 오래오래 살면 인간과 다른 웃음 포인트를 갖게 되는 걸까. 정말 그렇다면 오래 사는 것도 나쁘지 않을지도. 나는 웅크리고 누운 채로 손을 뻗어 무릎을 만지작거렸다. 매끈하고 동그란 가운데 난 상처는 까칠했지만 만져도 아프지 않았고 오히려 잠이 솔솔 오는 것 같았다.

다음 날부터, 나는 하루에 꼬박꼬박 두 시간씩 창릉천을 달렸다.

마침 달리기 딱 좋은 초여름이었다. 점차
푸르러지기 시작한 천변의 녹음을 옆에
끼고 달리는 기분은 생각보다 괜찮았다.
내친김에 팔뚝에 감는 스포츠 밴드도
하나 장만했다. 지하철역 아래
가판대에서 파는 싸구려였지만 휴대폰을
집어넣고 달리니 주머니가 가벼워 한결
수월했다. 거기에 목 긴 양말을 신고
헤어밴드까지 착용하니 꽤나 본격적으로
달리는 사람의 차림새가 되었다.
물론 외계인은 외계인대로 바빴다. 내가
달리기 전 몸을 푸는 동안, 외계인은 자기
몸의 뭐라더라 하는 기관을 작동시켜
에너지를 흡수할 준비를 했다. 도대체
어떻게 그렇게 되는지는 모르겠지만.
언젠가 외계인으로부터 엔트로피 어쩌구
하는 기나긴 설명을 한 번 들은 적도
있었지만 전혀 이해할 수 없어서 그런가
보다, 하고 말았을 뿐이었다.

달리면서, 나는 무릎과 이런 대화를 주고받았다.

"잘 모으고 있어요?"

어어, 잘 모으고 있어. 잘 뛰고 있지?

"그럼요, 잘 뛰고 있어요."

누가 들으면 미친놈인 줄 알겠군, 생각했지만 창릉천에는
의외로 이상한 사람들이 많았다. 허리에 찬 작은 라디오로
노래를 크게 튼 사람, 내디딜 때마다 불빛이 번쩍번쩍하는
신발을 신은 사람, 초여름에도 비닐 땀복을 두껍게 입은
사람 등 이상한 사람은 한도 끝도 없었고 그들은 모두
저마다의 세계에 빠져 무아지경으로 달리고 있었다. 무릎과
이야기하는 사람 정도는 귀여운 축에 속할 만큼. 그러므로
나도 아무 생각 없이 달렸다. 처음에는 숨이 가빠 중간중간
멈춰서 훅훅, 가쁜 숨을 골라야 했다. 그러나 며칠 반복하자
이제는 빠르진 않았지만 한두 번만 쉬고도 방화대교가
보이는 지점까지, 그러니까 한강까지도 갈 수 있게 되었고
그 단계에 접어들자 달리는 것에도 점점 재미가 붙었달까.
물론 처음에 달리기 시작할 때만 해도 과연 이게 소용이 있는
짓일까 생각하긴 했지만 달리기 시작하면 그런 잡념은
이윽고 사라졌고 달리는 행위 그 자체에만 집중하게 되었다.
지금까지는 그저 뛰었다면 이번에는 비록 내 것은 아니지만
목표가 있었고 그래서 그런가 뭔가 확실히 전과는 달랐다.

달린다는 것은 뭐랄까, 몇 초 전의 나를 끊임없이 뒤에 두고
오는 일 같았다. 아주 조금씩이지만 그걸 반복해나가면 결국
어느 순간 과거의 나와 전혀 다른 내가 되어 발 앞의
공간으로 내뻗어질 수 있는 거였다. 그 상쾌함을 깨닫게
되자 그것에 이르기 위해 그 생각만 하며 달렸고 저절로
잡생각이 사라졌다. 마음속으로 정해둔 반환점인
방화대교의 끄트머리가 멀찍이 보일 때면 묘한 뿌듯함마저
느껴졌다.

물론 그렇다고 해서 현실의 모든 걱정이 없어진 건 아니었다.

달리기는 보통 해가 지고 나서 시원해진 시간을 택했으므로 아침엔 아르바이트를 했다. 무릎에 외계인이 사는 것과는 별개로 나도 먹고살아야 했으니까. 원체 건강 체질인 몸뚱이에 달리기로 다져진 체력이 더해져 이틀에 한 번 나가던 택배 상하차 일을 사흘에 두 번씩 해도 끄떡없게 된 것이 다행이라면 다행이었다. 몸은 고되고 시급은 짰지만 거긴 항상 일손이 부족했으므로 마음대로 시간을 골라잡아 일할 수 있었다.

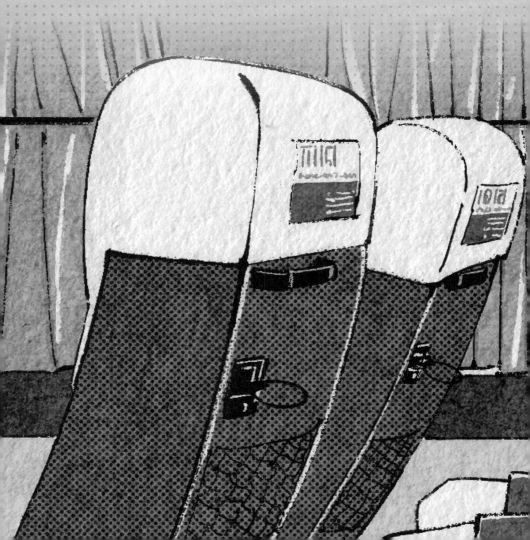

나는 새벽에 일어나 지하철역 앞으로 오는 통근버스를 탔다. 용인으로, 구로로, 천안으로 가는 그 버스들은 왜 그렇게들 다 똑같이 생겼는지. 앞 좌석에 달린 그물주머니 안에 누군가 구겨 넣어놓은 과자봉지를 응시하며 나는 쉽게 착잡해지곤 했다. 언제까지 이 꼴을 봐야만 할까, 하고. 차창에 머리를 기대면 뿌옇게 흐려졌다 사라졌다 하는 입김이 꼭 하루 벌어 하루 먹고사는 나 같았다. 그럴 때면 굽혀 앉은 무릎에서 외계인이 속삭이곤 했다.

걱정 마라. 이 페이스라면 금세 돌아갈 수 있을 거야. 그러면 꼭 은혜를 갚겠다.

"그게 가능이나 할까요."

그럼, 당연하지.

확신에 찬 목소리는 듣기엔 좋았지만 그러나 그게 과연
그렇게 될까. 무슨 부귀영화를 누리게 해줄지야
모르겠으나 그보다는 당장 입에 들어갈 것이
중요했으므로 나는 눈을 감고 잠을 청했다.
잠깐이라도 눈을 붙여두는 편이 일하기에 수월했다.

버스에서 줄지어 내리면 조끼를 갈아입고 택배를
날랐다. 트럭이 끊임없이 부려놓고 가는 짐들이
컨베이어 벨트를 타고 다가오면 그것들을 분류하고
새로 스티커를 붙이고 카트에 실었다. 땀이 등허리에
흥건하다 못해 옷 속으로 뚝뚝 흘렀다. 끊임없이 물을
들이켰지만 땀으로 다 나가는 통에 화장실도 한 번
가지 않았다. 이대로 집에 가고 싶다, 집에만
돌아간다면 내일부턴 굶어 죽는 한이 있어도 절대 이딴
일은 하지 않을 거야, 나는 속으로 끝없이 그런 생각만을 하며 움직였다. 밥을 주면
밥을 먹고 물을 주면 물을 마셨다. 손목시계를 차고 있었지만 일부러 시간은 보지
않았다. 생각보다 훨씬 적게 흐른 시간에 절망하게 되는 게 무서워서였다. 대신
팔다리가 돌덩이처럼 무거워지는 것, 입안이 까칠까칠해지는 것, 그런 것들을 시간의
지표로 삼았다. 오늘 일한 것은 내일 오후 네 시면 돈으로 바뀌어 통장에 들어올
거였다.

집에 돌아오면 곧바로 몸을 씻고 누웠다. 무릎에서 외계인이 수고했다, 하고 말했지만 대개는 대답하지 않고 그대로 눈을 감았다. 수고했나, 나. 정말로 수고하긴 했지만 칭찬을 받을 만한 수고라고는 전혀 생각되지 않았다.

나는 대신 다른 것들을 생각했다. 죽을 것처럼 힘들었지만 하지 않으면 정말로 굶어 죽을 거라는, 하지만 이것조차 영원히 할 수는 없다는 그런 사실들을. 그러다가 불편한 자세로 잠이 들었고 서너 시간을 자고 나면 무릎이 나를 깨웠다.

일어나. 달리러 가자.

아주 가끔, 일을 하지 않는 날이면 나는 외계인과 맥주를 마셨다. 밖에 나가 사 먹을
돈은 없었으므로 장소는 항상 집이었다. 네 캔에 만 원 하는 맥주에 통조림 참치,
오징어 다리 따위를 펼쳐놓은 채로. 물론 술은 나 혼자 마셨지만 어떻게 된 일인지
내가 취기가 오르면 외계인도 조금 알딸딸하다고 말해오곤 했고 한 명분의 술로
둘이 취할 수 있다니 아무튼 좋은 일이었다.

"이런 게 거기에도 있었어요?"

비슷한 거 있었지. 액체 상태는 아니었지만.

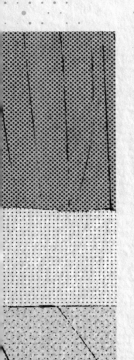

술이 들어가면 말수가 적어졌고 외계인도 그런 타입인지
우리는 마실수록 조용해졌다. 조용한 방. 적막한 방.
무릎의 외계인과 나 단둘, 아니 외계인은 몸이 없고 나는
쓸모가 없으니 반푼이들 둘이 합쳐 하나로 셀까. 농담 삼아
그런 말을 하자 외계인은 또 끼익끼익 소리를 내며 웃었다.
나는 그런 외계인에게 예전부터 궁금하던 것을 물었다.

"그쪽은 돌아가면 뭘 하고 싶어요?"

싸워야지.

"싸우는 거 끝나면?"

글쎄. 그건 딱히 모르겠구나.

"되고 싶었던 건 있어요?"

외계인이 망설이다 대답했다.

음, 난 항상 선생이 되고 싶었어.

"선생님 좋죠."

좋지.

"나중에 꼭 되세요."

되면 돌아와서 자랑할게.

그러고 나서 우리는 또다시 말없이 술을 마셨다. 아마도 각자 다른 것을 생각하고
있었을 테지만 무엇을 생각하는지는 말하지 않았다. 사실 말하지 않아도 알 수 있는
일이었다.

그런 밤이면 꿈을 꾸었다. 높은 탑과 멋진 깃발이 사방에 걸린 도시를 걷는 꿈이었다.
하늘에는 다섯 개의 달이 떠 있었고 흐릿한 은빛 필름 같은 생물들이 거리에 북적였다.
지구가 아닌 이곳을 나는 아련하고 그리운 마음으로 걸었다. 둘러볼수록 쾌적하고
아름다운 곳이었다. 그곳을 이루는 모든 것들이 조화롭고 각자의 자리에서 쓸모
있었다.
그런 꿈을 꾸다 깨었을 때 나는 묻곤 했다.

거기 있어요?

외계인은 틀림없이 대답했다.

있어.

그러면 나는 안심하고 다시 잠들었다.

외계인이 이제 떠나겠다고 말해온 것은 계절이
바뀔 무렵이었다.

오늘 밤엔 갈 수 있을 것 같아.

"어딜요?"

멍청하게도 나는 그렇게 되물었고 외계인은
대답하지 않았다.

"어딜 가냐니까요?"

이번에도 대답은 없었고 그제야 깨달았다.

"다 모인 거예요?"

그래, 이 정도면 지구의 중력쯤은 충분히 벗어날 수 있어.

왜 며칠간 잠잠하다 하필 자려고 누운 이 마당에야 이런 얘길 하는지 알 수 없었지만
나는 침대에서 벌떡 일어났다. 벗어놓은 옷을 주섬주섬 꺼내 입으며 물었다.

"뭘 어떻게 해야 돼요?"

너의 운동 에너지를 추진력 삼아 네 몸에서 빠져나가 볼 테니, 너는 평소처럼 달리기만 하면 돼.

그 말만 하고 무릎은 아무 말이 없었다. 그 침묵에서 눈치챘다. 에너지가 다 모인 건 사실 한참 전의 일이었으리라는 것을. 하지만 나는 더 말하지 않았다. 대신 옷을 단단히 입고 러닝화 끈을 조여 맸다. 익숙한 창릉천 러닝 트랙까지 묵묵히 걸었다. 발목을 돌리며 몸을 푸는 동안에도 우리는 입을 꾹 다물고 있었다.

"자, 그럼 뜁니다."

나는 제자리걸음을 몇 번 뛰고 달리기 시작했다. 처음에는 천천히, 서둘지 않고 발이 땅에 닿는 감각을 느끼며 조금씩 속도를 붙여나가는 것에 집중했다. 그렇게 몇백 미터를 뛰었을 때쯤 무릎이 말했다.

지금이야.

나는 앞으로 튀어 나갔다. 허벅지에 힘을 꽉 주고 죽어라 달렸다. 그와 동시에, 오른쪽 무릎에서 뭔가 간지러운 느낌이 들었다. 정신없이 뛰면서도 아래를 내려다보니 세상에, 무릎이 조금씩 빛나고 있었다. 그 빛을 보니 왠지 마음이 벅차, 나는 더욱 다리에 힘을 주고 달렸다. 주변 풍경이, 밤의 공기가, 바로 방금 전까지 나를 둘러싸고 있던 모든 것들이 빠르게 나를 스쳐 지나갔다.

좀 더 빨리!

숨이 턱 끝까지 찼지만 나는 멈추지 않고 달렸다. 무릎은 달리면 달릴수록 더욱 밝게 빛나, 이제는 내려다보지 않아도 그 빛이 앞을 환히 밝힐 정도였다. 건너편 천변의 사람들이 이쪽을 바라보았고 그 모습도 순식간에 등 뒤로 멀어졌다. 나는 그야말로 바람처럼 달렸다. 달리면 달릴수록 이상하게도 몸이 가벼워지는 것 같은 느낌이었다. 그때였다. 무릎에서 푸슝, 하는 소리가 들렸다.

온몸의 감각이 열려 있지 않았다면 듣지 못했을 만큼 작은 소리였다. 깜짝 놀라 무릎을 내려다보았는데 더 이상 빛이 나지 않았다. 그제야 뒤를 돌아보았다.

나간 걸까.

"저기요, 갔어요?"

나는 제자리에 멈춰 서서 헉헉거리며 무릎에 대고 물었다.
대답은 없었다.

"갔나고요, 인사도 없이?"

 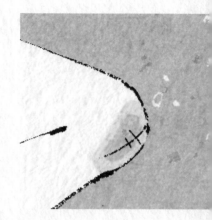

여전히 대답은 없었다. 나는 이마의 땀을 손바닥으로 훔치며 옆걸음으로 러닝
트랙에서 빠져나왔다. 휴대폰 플래시를 켜서 무릎을 비춰보았는데 쭉 찢어진 흉터 한
줄만 덜렁 있을 뿐, 겉보기에는 달라진 게 없어 보였다. 진짜 간 건가. 은혜도 모르는
외계인 같으니라고, 인사도 한마디 없이 가버리다니. 맥이 빠져 내가 달려온 저 뒤쪽
너머를 빤히 바라보았다. 아무것도 보이지 않았다. 하긴 우주 너머까지 갈 작정이니
모르긴 몰라도 지금쯤이면 이미 지구쯤은 빠져나갔겠지. 나는 손차양을 하고 하늘을
올려다보았다. 새벽하늘에 별이 한두 개 빛나고 있었다. 언젠가 저 별을 올려다보며
달리다 넘어졌던 일을 생각했다. 저 별보다 훨씬 먼 어딘가로 가는 거겠지. 그곳은
지금 어떨까. 외계인의 꿈에서 보았던 것처럼 아름다울까.

정말 그렇다면 어떡하지.

사실 오랫동안 생각해왔었다. 꿈에서 그 아름다운 도시를 볼 때마다, 외계인이 침묵을
지키던 긴긴밤마다 나는 손톱을 깨물며 상상했었다. 시스템이 옳았다면 어떡하지.
외계인이 돌아간 그곳이 지금 아름답고 완전하다면, 불필요한 존재들이 사라진
자리에 필요롭고 쓸모 있는 것만 남아 모든 것이 잘 돌아가고 있다면. 명분도 있을
곳도 없어진 채로 싸우기도 전부터 져버린다면. 오랫동안 걱정했지만 입 밖으로
꺼내지 않은 건 단순히 그게 그의 결심에 초를 치는 일이기 때문만이 아니었다.
외계인은 분명 가보기 전까진 모르는 일이라고 말할 테고 그러면 이번에는 내 쪽에서
할 말이 없어졌을 테니까. 예전부터 지금까지 그리고 아마 앞으로도, 내게는 가고
싶은 곳조차 없었고 그런 내 처지를 그와 비교하며 비참해졌을 테니까. 그걸 알았기
때문에 우리는 아무 말도 하지 않았다.

선생이 되면 돌아와서 자랑하겠다고 했었지.

그때까지는 나도 찾아두고 싶다, 나는 땅에 발을 구르며 생각했다. 뭘 찾고 싶은
건지는 아직도 모르겠지만. 외계인이 돌아온다는 건 싸움에서 이겼다는 뜻일 것이다.
그걸 알리러 기나긴 길을 달려온 그에게 난 아직도 뭐가 뭔지 모르겠다는 소리나
하고 있을 순 없으니까. 실패하든 성공하든 뭐가 됐든 좋으니 일단 가본 다음에,
그게 맞았는지 아니었는지 이야기해야지. 그땐 더 비싼 술을 마셔야지, 네 캔에
만 원짜리 말고.

나는 밤하늘을 멍하니 올려다보다 돌아섰다.

집 반대쪽으로 천천히, 곧이어 빠르게 달리기 시작했다.

ILLUST LIM
달리는 무릎

초판 1쇄 인쇄 2023년 10월 20일
초판 1쇄 발행 2023년 10월 30일

지은이 이유리
그린이 정아리
펴낸이 정중모
펴낸곳 도서출판 열림원
출판등록 1980년 5월 19일(제406-2000-000204호)
주소 경기도 파주시 회동길 152
전화 031-955-0700
팩스 031-955-0661
홈페이지 www.yolimwon.com
이메일 editor@yolimwon.com

페이스북 /yolimwon
트위터 @yolimwon
인스타그램 @yolimwon

주간 김현정   책임편집 김민지
편집 조혜영 황우정 이서영
디자인 강희철

마케팅 홍보 김선규 최은서 고다희
온라인사업 서명희
제작 관리 윤준수 이원희 고은정 구지영

ⓒ 이유리·정아리, 2023

ISBN 979-11-7040-228-2 04810
       979-11-7040-227-5 (세트)